GW00863133

L'auteur
Dominique de Saint Mars

Après des études de sociologie,
elle a été journaliste à *Astrapi*.
Elle écrit des histoires
qui donnent la parole aux enfants
et traduisent leurs émotions.
Elle dit en souriant qu'elle a interviewé
au moins 100 000 enfants...
Ses deux fils, Arthur et Henri,
ont été ses premiers inspirateurs !
Prix de la Fondation pour l'Enfance.
Auteur de *On va avoir un bébé*,
Je grandis, *Les Filles et les Garçons*,
Passeport pour l'école
et *Léon a deux maisons*.

L'illustrateur
Serge Bloch

Cet observateur plein d'humour
et de tendresse est aussi un maître
de la mise en scène.
Tout en distillant son humour généreux
à longueur de cases, il aime faire sentir
la profondeur des sentiments.

Max est maladroit

Avec la collaboration de Florence Reinalter, psychomotricienne.

© Calligram 1996
Tous droits réservés pour tous pays
Imprimé en Italie
ISBN : 978-2-88445-324-0

Max est maladroit

Dominique de Saint Mars

Serge Bloch

CALLIGRAM

CHRISTIAN ⏻ ALLIMARD

9

14

Et, ça marche cette cabane ?

Ben... ils ne veulent plus de moi, ils disent que je suis trop maladroit.

Mais non, vas-y, ils t'attendent sûrement.

C'est vrai que tu es adroit de tes mains comme un cochon de sa queue !

Oh ! ça va Lili, personne n'est parfait !

21

23

24

Géniale, ton idée !
Il y a très longtemps
que je n'ai pas fait
de cabane !

Alors,
on y va
mec ?

26

28

Tiens la branche bien calée, Max, et ne scie pas trop vite.

Pas de clous, ça abîme les arbres. On fait une ligature avec de la liane.

Doucement... compte bien les espacements avant de placer les poutres du toit.

Aide-moi... voilà, c'est bon, super Max.

Papa, tu viens la voir ?

Bien sûr !

Pas mal, hein ?

Allez, monte !

Hum ?

UN PEU PLUS TARD...

Alors Paul, tu crois qu'ils peuvent dormir dans cette cabane ?

Elle est formidable ! Il m'a épaté, Max ! Il a fait un de ces travail !

Il faut que je le laisse plus se débrouiller seul !

35

Et toi...

Est-ce qu'il t'est arrivé la même histoire qu'à Max ?

SI TU ES MALADROIT...

Est-ce qu'on te le répète souvent
ou penses-tu que tu es vraiment maladroit ?

Est-ce surtout à la maison ou à l'école ? Vois-tu bien ?
Entends-tu bien ? Y a-t-il des activités où tu es adroit ?

Est-ce parce qu'on te demande toujours d'aller vite
et que tu as peur de rater, d'être mal jugé ?

Est-ce parce qu'on fait tout à ta place ? Qu'on ne te félicite jamais et que tu n'as pas confiance en toi ?

Ne fais-tu pas attention à ce que tu fais car ça ne t'amuse pas ou que tu ne vois pas à quoi ça sert ?

En quoi cela te gêne-t-il ? Est-ce qu'on se moque de toi ? As-tu des copains ou des copines qui sont maladroits ?

C'est ce que tu penses de toi
ou c'est ce que l'on dit de toi ?

Pour toi, est-il normal que les enfants aient des gestes
moins précis que les adultes ?

Chez toi ou à l'école, est-ce qu'on te permet
d'essayer de te tromper ou d'être étourdi ?

As-tu le droit d'utiliser des outils ? de la peinture ?
d'aller acheter le pain ? de monter aux arbres ?

Est-ce qu'on te laisse faire des choses tout seul,
(bricoler, cuisiner), pour apprendre à te débrouiller ?

Cherches-tu toujours le bon geste pour réussir ?
Demandes-tu à tes parents de te montrer ?

**Après avoir réfléchi
à ces questions
sur la maladresse,
tu peux en parler
avec tes parents ou tes amis.**